IDALIA

OU

LA FLEUR INCONNUE

BALLET-FÉERIE EN 2 ACTES ET 3 TABLEAUX

PAR

MM. BRETIN ET CAZZOLETTI

MUSIQUE COMPOSÉE ET ARRANGÉE

PAR

SCARAMELLI

Représenté pour la première fois, à Paris, sur le théâtre de la Porte-Saint-Martin, le 30 janvier 1855.

PARIS

TYPOGRAPHIE MORRIS ET Cie, 64, RUE AMELOT.

1855

IDALIA

OU

LA FLEUR INCONNUE

BALLET-FÉERIE EN 2 ACTES ET 3 TABLEAUX

PAR

MM. BRETIN ET CAZZOLETTI

MUSIQUE COMPOSÉE ET ARRANGÉE

PAR

SCARAMELLI

Représenté pour la première fois, à Paris, sur le théâtre de la Porte-Saint-Martin, le 30 janvier 1855.

PARIS

TYPOGRAPHIE MORRIS ET Cie, 64, RUE AMELOT.

1855

PERSONNAGES.

IDALIA	Mmes	FLORA-FABBRI.
LA FÉE ASPHODÈLE		LEBLOND.
LA PRINCESSE ESTELLE		HENNECART.
FULVIO	MM.	MÉGE.
LE PRINCE DE PUFFENPAFF		AMBROISE.
LE BARON DE SCHABRACK		MONNET.
LE PRINCE PHŒBUS DE KORNIKOFF		VALNAY.
LE COMTE SANGUINELLI		PAUL GENET.
UN MÉDECIN		QUINCHE.

Seigneurs et Dames, Écuyers, Hérauts d'armes, Pages, Soldats, Paysans et Paysannes, Bohémiens, Elfes et Elfines de la cour d'Asphodèle.

DANSE.

PREMIER TABLEAU.

La Silésienne, par Mlles Thévenin, Petit, Sidonie, Eugénie, Félicie, Souton, Zambach et Léontine.

DEUXIÈME TABLEAU.

L'Éducation d'Idalia, par M. MÉGE, Mlle Leblond et Mme FLORA-FABBRI.

Pas de la Guirlande, par M. MÉGE, Mlles Kohlenberg, Berger, Astory, Mérante et Mme FLORA-FABBRI.

Grand pas des Elfines, par M. MÉGE, Mlles Kohlenberg, Berger, Astory, Mérante, Thévenin, Petit, Mme FLORA-FABBRI et tout le corps de ballet.

TROISIÈME TABLEAU.

Le Kaléidoscope, grand galop, par tout le corps de ballet.

L'Audience chinoise, pas comique, dansé par neuf enfants.

La Romaïka, pas de caractère, par Mlles Kohlenberg et Maguy.

La Lutte, par Mlles Hennecart, Astory, Berger, Thévenin, Petit.

L'Obsession, par Mme FLORA-FABBRI et M. Paul Genet.

Le Triomphe, grand pas de deux final, par Mme FLORA-FABBRI et M. MÉGE.

PARIS. — TYPOGRAPHIE MORRIS ET COMPAGNIE, 64, RUE AMELOT.

IDALIA

OU

LA FLEUR INCONNUE

BALLET-FÉERIE EN 2 ACTES ET 3 TABLEAUX.

ACTE PREMIER.

PREMIER TABLEAU.

Salle d'audience du palais de Puffenpaff.

SCÈNE PREMIÈRE.

La scène est quelque part, à peu de distance de l'un des sept châteaux du roi de Bohême.

Le prince régnant de Puffenpaff, comme tous les pères qui ont des filles à marier, a rêvé de donner sa fille au cavalier le plus beau, le plus brave, le plus riche et le plus galant. Il en fait l'objet d'une proclamation à tous les princes de la chrétienté, et leur assigne un rendez-vous solennel.

Le matin de ce grand jour, un prétendant se présente avant tous les autres.

Ce jeune seigneur est prince de Kornikoff; il est suivi de son grand menin, le comte de Sanguinelli, dont les fonctions consistent principalement à avoir de l'esprit et de l'imagination pour le seigneur Kornikoff; car il faut savoir que la nature, ignorant sans doute, lorsqu'elle créa Kornikoff, qu'elle formait un prince, a négligé de lui donner une intelligence supérieure.

Sur l'avis de son conseiller, le prince de Kornikoff, aussitôt qu'il se trouve en présence du duc de Puffenpaff, exhibe un portefeuille, auquel les billets de banque dont il est truffé forment un embonpoint appétissant. Le prince de Puffenpaff accepte ce léger cadeau avec une grâce discrète, et passe le portefeuille à M. de Schabrack, son conseiller aulique. Après quoi, Kornikoff déroule une vaste carte où sont retracés les plans de tous les châteaux qu'il possède, ce qui comble d'admiration le tendre père. Cependant, celui-ci juge à propos d'adresser au jeune prince une question fort délicate : « Prince, lui dit-il, quel est l'animal que vous aimez le mieux ? — Le singe, répond Phœbus de Kornikoff (on a oublié de dire qu'il s'appelait Phœbus). — Vous avez tort ; pour plaire à ma fille Estelle, il faut aimer avant tout son perroquet. » Phœbus a précisément les perroquets en horreur. Toutefois, et comme d'ailleurs Baby, le perroquet de la princesse, est présent à l'entretien, Kornikoff affecte à son égard l'empressement le plus passionné, si passionné même, que dans l'effervescence de sa tendresse, il étrangle, par mégarde, l'infortuné Baby. Il cherche à dérober cet accident au père de la jeune Estelle.

Entrée de ballet. On danse la *Silésienne*, pas de caractère destiné à célébrer la présence de l'illustre étranger.

SCÈNE II.

Estelle paraît, et son premier regard est pour le perroquet, objet de son affection. Elle voit Baby gisant au pied de son bâton. Cris horribles, scène déchirante. Toute la cour juge convenable de pousser les plus funèbres lamentations. Le prince régnant, que ce désespoir universel finit par agacer, menace de mort quiconque ne rira pas immédiatement. On se rend sans trop de peine à cette invitation. — Pour distraire sa fille, le prince de Puffenpaff donne l'ordre qu'on sonne de nouveau les fanfares, et qu'on laisse entrer tous les prétendants à la main d'Estelle. Mais personne ne paraît. La princesse pâlit, le prince régnant rougit, Phœbus sourit, et Sanguinelli ricane. Estelle, furieuse, fait apporter une autre pancarte, dont les conditions sont moins dures. Elle donnera sa main à celui qui lui présentera une certaine fleur qu'elle a vue en rêve, et qui n'a pas encore de nom dans les langues humaines.

SCÈNE III.

Paraît tout haletant le jeune marquis Fulvio di Palma. Tel est le nom d'un ancien page de la cour de Puffenpaff. Il accuse le perfide comte de Sanguinelli d'avoir dressé des embuscades où il a fait tomber tous les princes qui venaient pour concourir. Lui seul a pu y échapper. Le prince régnant n'approuve pas ce moyen; mais le jeune prince Phœbus déclare que, pour obtenir la princesse, il tuerait tout le genre humain, y compris M. de Puffenpaff lui-même, extravagance qui dépasse les bornes du respect, mais qui ne déplaît pas à Estelle. Cependant Fulvio raconte ses voyages. Pour découvrir la fleur entrevue en rêve par la princesse, il a couru le monde entier, bravant mille périls; il fut même emmené en esclavage par les pirates d'Alger. Enfin, comme il revenait triste et découragé, une délicieuse mélodie a frappé ses oreilles, et la fleur, portée par des génies invisibles, est venue d'elle-même se placer dans sa main. Disant cela, Fulvio tombe aux pieds d'Estelle et lui présente la fleur magique. Inquiétude de Kornikoff, qui implore le secours de son grand menin. Celui-ci s'approche, souffle sur la fleur, qui se flétrit à l'instant.

Stupeur générale.

Alors deux pages s'avancent portant une potiche du Japon, dans laquelle s'épanouit cette même plante tant cherchée, avec cette différence toutefois que les fleurs sont en pierreries fines, si bien que la princesse peut, à son gré, se cueillir un bouquet ou une rivière de diamants. La moindre pendeloque de ce miraculeux végétal vaut tout le marquisat de Palma. A cette vue, le prince de Puffenpaff ne peut cacher son attendrissement, et la jeune princesse semble oublier que Phœbus de Kornikoff a étranglé Baby. Fulvio prévoit le sort qui l'attend.

SCÈNE IV.

Marche funèbre. C'est Baby que l'on porte en terre. Estelle, profondément occupée à deviner comment une plante peut produire des rubis et des saphirs, ne donne qu'une larme distraite à ce douloureux spectacle; cependant, pour ne pas désespérer tout à fait le pauvre Fulvio, elle veut bien lui laisser une dernière chance : « Je vous donne jusqu'à demain soir pour ressusciter Baby, lui dit-elle, et si vous faites ce miracle, mon cœur est à vous. » Toute la cour admire le bon goût de cette délicieuse plaisanterie. Phœbus rit à s'en détraquer les mandibules.

SCÈNE V.

Fulvio, resté seul, va se jeter sur son épée, lorsqu'une fée lui apparaît. C'est Asphodèle, doux et souriant génie qui préside à toutes ces demi-démences qu'on appelle le rêve, la fantaisie, l'extase; charmante divinité, née d'une goutte d'ellébore tombée de la coupe de Shemseddin, l'Anacréon de Schiraz.

« Viens, dit-elle à Fulvio, je te conduirai dans de riants domaines où tu oublieras les princesses trop amoureuses de pierreries et trop entichées de leur perroquet; viens, tu verras là, danser en rond, sous le pâle éclat des étoiles, toutes mes filles bien-aimées, les Elfines vêtues d'écharpes tissées avec les flocons de vapeur rose qui flottent dans le soleil couchant. »

Elle dit et l'enveloppant de nuées, elle disparaît avec lui.

DEUXIEME TABLEAU.

Jardin anglais chez la fée Asphodèle ; — nature impossible mais délicieuse.

SCÈNE PREMIÈRE.

La fée, protectrice du jeune marquis de Palma, invente mille fantaisies pour le distraire de sa mélancolie.

Elle a rassemblé autour d'elle les lutins les plus distingués de son empire, les Chimères bleues, les Lubies roses, les Turlutaines diaprées; en un mot, toutes les beautés divines et fantasques qui embellissent sa cour.

Un prince moins féru que Fulvio prendrait goût à ce tableau adorable que forment ces demi-déesses aux bras entrelacés; mais rien ne peut le distraire des soupirs qu'il adresse à la fleur flétrie, amer souvenir, triste vestige de ses amours, seule chose qui lui parle encore de la princesse Estelle.

Soudain ses yeux s'arrêtent sur un arbuste tout empanaché d'une merveilleuse floraison. Il approche et n'en croit pas ses yeux. Ces fleurs sont bien celles qui appartiennent à la plante introuvable; mais cette fois ce ne sont plus de froides pierres qui en simulent les calices, on voit circuler sous le tissu qu'elle anime une séve ardente et jeune. C'est la vie qui donne à cette fleur le coloris et le parfum.

SCÈNE II.

L'arbuste, à l'approche de Fulvio, a frémi comme s'il était sous l'empire d'une émotion humaine. Peu à peu les feuilles et les rameaux s'écartent, les fleurs s'inclinent, une de leurs touffes s'entr'ouvre, et laisse apercevoir, couchée et sommeillante, une nymphe divinement belle qui s'éveille doucement au cri de surprise échappé des lèvres de Fulvio.

Idalia, — c'est ainsi que se nomme cette fleur animée, — se lève et fait quelques pas incertains, tandis que ses yeux étonnés et rêveurs errent autour d'elle, sans s'arrêter nulle part. A ses mouvements, on devine que l'existence est chose nouvelle pour cette créature mystérieuse. Cependant Asphodèle va la prendre par la main et l'amène devant Fulvio. Elle explique, en peu de mots, qu'Idalia, enchaînée par les mauvais génies dans les limbes d'une existence végétale, a été délivrée de cette espèce de néant par le désir même qui, depuis si longtemps, entraînait le marquis de Palma à sa recherche.

Idalia manifeste tout à coup une terreur très-vive, et veut prendre la fuite. En même temps elle dirige sa main vers un endroit touffu où vient d'apparaître un affreux gnôme, dont l'œil ardent comme l'orifice d'une fournaise se tenait fixé depuis un instant sur elle. Fulvio s'élance vers le spectre, qui s'évanouit.

« Ah ! s'écrie le jeune prince, qui commence à s'intéresser vivement au sort d'Idalia, je la protégerai contre ces méchants génies !

— Il est un moyen de la soustraire à tout jamais à leur puissance. — Lequel ? demande Fulvio. — C'est de l'aimer et de t'en faire aimer.

Fulvio entrevoit que le moyen n'est peut-être pas impraticable. Quant à Asphodèle, fée d'expérience, elle sait qu'une femme, pour être aimée, doit être aimable, et que toute sympathie durable doit avoir pour base une éducation très-soignée.

Celle d'Idalia commence aussitôt.

La poésie, calice immortel, qui renferme les mystères suprêmes de l'idéal et de l'infini, est d'abord l'objet de l'attention émue et souriante d'Idalia. On lui fait épeler des lettres, puis tracer des mots, puis déchiffrer des vers au moyen de fleurs entrelacées.

Apprendre, c'est se souvenir. Aussi, lorsque Asphodèle place entre les mains d'Idalia une cithare antique, la jeune élève retrouve bientôt sous ses doigts des mélodies, sœurs d'une première existence, qui s'étaient endormies avec elle dans le tombeau.

Enfin on passe à la danse, art féminin s'il en fut, et qui semble tout à coup faire pousser des ailes aux talons de cette fleur humaine.

Fulvio s'exclame avec effroi : — Si elle allait s'envoler! — Retiens-la, dit joyeusement la bonne fée. Et en effet, le jeune marquis dont la fidélité en amour n'est pas décidément trempée comme l'acier fin, arrête Idalia au passage, l'enlace, la cloue sous ses regards pleins de flammes, et lui communique une émotion soudaine, destinée apparemment, dans l'esprit de la fée, à compléter cette brillante éducation.

Idalia, toute confuse, s'enfuit classiquement derrière les saules, où Fulvio la poursuit; mais elle reparaît un peu plus loin, se balançant avec une grâce joyeuse sur la fine pointe d'un jonc.

Pudique, mais affolée de danse, Idalia revient presque aussitôt l'œil étincelant de plaisir, et fait au marquis l'honneur de danser avec lui un pas de deux, auquel se mêlent peu à peu toutes les compagnes d'Asphodèle et bientôt Asphodèle elle-même.

SCÈNE III.

Cette étude aussi sérieuse qu'approfondie de l'art de vivre a fatigué légèrement la belle Idalia ; elle éprouve le désir de résumer un peu ses impressions et s'éloigne attirée par les ombres rêveuses de la forêt. Il va sans dire que Fulvio éprouve identiquement la même fantaisie.

Cependant le gnôme qui a tant effrayé la nymphe, et qui n'a pas cessé de rôder dans les environs, reparaît tout à coup.

Ce gnôme, chose déplorable à constater pour la considération des grands menins, n'est autre que le perfide comte de Sanguinelli ; lequel, comme on voit, exerce deux professions distinctes : celle de conseiller intime dans le monde officiel, et celle de gnôme dans le monde des génies, deux mondes également distincts l'un de l'autre, selon ce que Pline enseigne en ses traités.

Idalia, un instant séparée de Fulvio et qui en éprouve déjà du regret, revient sur ses pas, et à la place où elle a quitté le marquis, elle trouve Sanguinelli. Elle se rappelle tout alors. C'est lui, c'est ce méchant gnôme qui déjà, il y a dix mille ans, pour se venger de ses dédains, l'a emprisonnée dans les entrailles de la terre. Elle veut fuir, mais il la saisit de ses mains crochues. Idalia, folle d'horreur, appelle à son secours d'un geste éperdu ; mais, fascinée par le monstre, elle se sent mourir une seconde fois ; déjà elle ne lutte plus, sa destinée l'entraîne, lorsque Fulvio s'élance auprès d'elle. A la vue du marquis, Idalia sent renaître tout à coup son courage. Fulvio la prend dans ses bras, la serre contre son cœur, et ainsi réunis, les mains étendues en signe de commandement et de foi, ils marchent sur le monstre : l'amour et la jeunesse sont plus forts que la haine et la laideur. Sanguinelli disparaît comme s'effacent au réveil toutes les épouvantes de la nuit.

SCÈNE IV.

Fulvio croit fermement qu'il a toute sa vie adoré Idalia, — et Idalia, de son côté, ne voit d'autre charme dans son existence retrouvée, que sa tendresse naissante pour Fulvio.

Cependant, il reste au jeune marquis une dernière épreuve à subir.

Sur un geste d'Asphodèle, un rocher s'entr'ouvre, et Fulvio est soudain frappé d'une vision surnaturelle qui n'est pas pour lui sans une certaine gravité.

Estelle, accompagnée de son fiancé et de toute la cour de Puffenpaff, sort de l'église, où elle vient de prononcer le *oui* solennel.

Fulvio, en voyant le brillant cortége défiler devant lui, sent comme un voile glacé descendre sur ses yeux. Il chancelle. — « Perfide! s'écrie-t-il, tu m'avais donné trois jours! — Pour ressusciter Baby, dit Asphodèle avec un sourire moqueur. Tiens, ajoute-t-elle en cueillant une de ces fleurs qui furent la tombe et le berceau d'Idalia, voici le talisman qui t'en donnera le pouvoir, et si tu arrives trop tard, du moins pourras-tu te venger comme un grand cœur se venge, par un bienfait..... »

Puis, devinant bien que l'heure est venue de frapper un dernier coup, et d'entraîner dans une dernière ivresse l'âme hésitante de son protégé, elle appelle à son aide toutes ses compagnes, et les prie de faire tourbillonner autour de Fulvio les séductions les plus charmantes, les grâces, les caprices les plus ingénieux, les fantaisies les plus folles; en un mot, tous les mirages que les Elfines, ces filles du rêve, peuvent obtenir de l'effet combiné de leurs sourires et de leurs magiques enlacements.

Ce dernier effort d'Asphodèle achève la défaite du jeune marquis de Palma.

Ébloui, subjugué, il oublie à jamais pour Idalia, fille d'un monde enchanté, — la vulgaire Estelle; — et ne désire plus, ne rêve plus d'autre bonheur que celui d'arracher cette beauté trop incorporelle au pays des chimères, pour l'emmener avec lui dans la vie réelle, milieu plus convenable à ses projets de félicité positive.

Soit! dit la fée, — Idalia, pour te suivre, consent à devenir mortelle.

Et d'un geste, elle appelle une élégante voiture traînée par quatre génies aux blanches ailes.

Idalia dit adieu à ses compagnes, qui, groupées tristement autour d'Asphodèle, voient avec regret disparaître le couple rayonnant d'amour.

ACTE II.

TROISIÈME TABLEAU.

La grande cour d'honneur du palais de Son Altesse le prince Phœbus de Kornikoff, à Kornikoff. — Style italien, un peu déformé par le goût allemand, du temps de Klopstock.

SCÈNE PREMIÈRE.

La princesse Estelle, bien persuadée que son ancien petit page ne lui apportera point l'herbe qui ressuscite les aras et les cacatoès, a consenti, en effet, à devenir princesse de Kornikoff.

Les dames, ainsi que les gentilshommes de la maison d'Estelle, attendent le retour des époux. Ils arrivent, accompagnés du prince de Puffenpaff, dont l'occupation présente est de défendre sa fille contre l'empressement amoureux de Phœbus, qui ne paraît pas assez se soucier des lois de l'étiquette.

Il faut dire que Phœbus, depuis trois jours, n'a pas revu son grand menin, et qu'il en éprouve une joie folle. Il respire, il est libre! Seulement, son beau-père le trouve trop libre. Il lui donne à entendre qu'un prince, le jour de son mariage, ne doit pas se souvenir de sa femme avant le coup de minuit. Sur quoi, selon son habitude, le digne prince se laisse aller à la somnolence qui est la suite de son majestueux embonpoint. M. de Schabrack, son conseiller aulique, a pour fonction particulière de lui faire passer sous le nez une tabatière chaque fois qu'il voit la paupière souveraine s'appesantir; expédient d'autant plus heureux qu'alors le prince s'éveille et entame son discours par un éternuement qui commande aussitôt l'attention générale. Il faut constater d'ailleurs que sa large corpulence lui permettant de dormir debout, cette légère infirmité, loin de lui être défavorable, ajoute, s'il se peut, à la dignité de son attitude dans les cérémonies.

M. de Puffenpaff éternue donc, et s'aperçoit que le

prince Phœbus tient par la taille la princesse Estelle. Suffocation de M. de Puffenpaff. Il juge indispensable d'emmener sa fille et de fermer la porte sur le nez de ce gendre mal élevé.

SCÈNE II.

Phœbus de Kornikoff, qui avait mis son bonnet sur l'oreille, le jette finalement par-dessus les moulins. Il se penche pour regarder par le trou de la serrure, fait chasser M. de Schabrack, dont la tabatière lui déplaît, et court mettre la pendule sur minuit. Il est ravi de cette idée qu'il a eue tout seul, sans le secours de son grand-menin.

SCÈNE III.

Seulement, il a compté sans l'un des usages trationnels de sa principauté. Selon cette coutume, la jeune épouse doit soutenir contre toutes les autres femmes une lutte qui consiste, pour elle, à se montrer la plus parfaite dans un art quelconque. Estelle a choisi la danse.

Une couronne de feuillage d'or, constellée de rubis, est apportée en grande pompe. Ce sera le prix du combat.

SCÈNE IV.

La fête débute par une entrée de Bohémiens qui dansent des pas chinois et romaïques. Aussitôt après, Estelle, court vêtue, l'œil plein de défi et belle de tout son orgueil, entre en lice au bruit des murmures approbateurs.

Phœbus XIV (le jeune prince, on a oublié de le mentionner, est le quatorzième de son nom) se fait apporter sa lorgnette, et la braque sur sa femme avec le sans-gêne tout à fait plein de grâce d'un habitué de l'orchestre. M. de Puffenpaff rougit, et appelle des yeux M. de Schabrack, qui accourt, sa tabatière ouverte.

SCÈNE V.

Rondeau chorégraphique d'Estelle. Depuis un instant, un jeune seigneur, dont le visage est couvert d'un masque, est venu se placer de manière à être aperçu par l'auguste danseuse. Celle-ci ne peut se défendre, en voyant cet homme dont le masque ajoute à l'attitude sombre, d'un certain malaise qui nuit à la perfection de ses pas. Mais une princesse régnante est au-dessus de la critique; des applaudissements frénétiques éclatant de toutes parts, lui annoncent qu'elle a gagné le prix. Phœbus XIV, par le dévergondage de son admiration, étonne de plus en plus M. de Puffenpaff.

SCÈNE VI.

L'inconnu, au moment où Estelle s'avance vers la couronne d'or, se présente, conduisant par la main une jeune fille toute tremblante, et demande à la princesse de souffrir qu'au moins une rivale lui dispute le prix de la perfection.

Indignation de toute la cour; mais, d'un geste hautain, Estelle accepte le défi, et ordonne qu'on fasse place. Le prince de Puffenpaff, à qui cette aventurière n'a pas été présentée, aime mieux se retirer que de consacrer par sa présence un pareil mépris de l'étiquette, et Phœbus, tirant de sa poche le dernier numéro du *Morning-Chronicle*, se met à lire attentivement un combat de coqs.

Idalia, on l'a sans doute reconnue, reste accablée sous le poids de ce dédain; mais pour être sûre à jamais du cœur de Fulvio, elle a voulu cette lutte, et se relevant de toute la hauteur de son courage, elle commence bravement, sans plus se soucier des ricanements de la galerie.

Le pas qu'elle danse n'a pas été dessiné par le maître de ballet de la principauté de Kornikoff, et il n'en vaut que mieux. C'est une légende, toute empreinte de grâce et de mélancolie. — D'abord, le sommeil, le néant, la tombe, le long oubli, le rêve ; — souvenirs confus d'une existence perdue. — Puis le chuchotement de la fleur qui germe, qui perce la terre du sépulcre, et répond par ses tressaillements au cri d'amour qui l'appelle ; enfin, c'est l'épanouissement, c'est la resurrection, c'est la vie !

Fulvio a jeté son masque, et d'un signe de tendresse encourage la pauvre Idalia. Estelle a vu le signe, a reconnu Fulvio ; elle se lève, pâle, frémissante, le cœur saignant d'une morsure jalouse ; mais à ce moment une voix appartenant à un esprit lui souffle ces mots : « Ne tremblez pas, princesse, j'accours à votre aide ! » Et Sanguinelli vient à son tour, sinistre et menaçant, se placer en face d'Idalia, invisible pour tous, excepté pour elle.

La lutte alors recommence, mais plus terrible pour Idalia.

D'un côté, la haine qui la fascine et la glace ; — de l'autre, l'amour qui l'enflamme et la soutient.

Un instant de faiblesse, et elle est perdue ; elle tombe sous le mépris public ; elle s'enfuit poursuivie par les risées de la cour. C'est un duel, au bout duquel est la mort si elle succombe. Idalia, pour regarder le démon sans pâlir, fait un de ces efforts qui suffisent à épuiser tout une existence. Mais la terreur magnétique qu'exerce le monstre est plus forte que le courage de la jeune fille ; déjà des rires ironiques se font entendre, les jambes d'Idalia fléchissent, Estelle va triompher, lorsque Fulvio tire tout à coup de son sein la fleur magique, et en secoue dans l'air le céleste parfum ; Sanguinelli, ou plutôt le cauchemar qui obsédait la danseuse, disparaît aussitôt ; la lumière, l'air, la joie, le bonheur rendent à Idalia tout son aplomb, toutes ses forces, et le pas qu'elle a commencé toute seule, hésitante et désolée, elle le termine, avec son cher Fulvio, par un *crescendo* de grâces et de passion délirantes.

On trépigne, on crie, on salue le couple de bravos et de vivats. Phœbus est hébété d'admiration. Il ne sait plus au juste vers quel pôle gravite son cœur. Pour avoir le temps de se reconnaître, il replace l'aiguille de la pendule un peu en retard sur l'heure du berger. Estelle, folle de dépit, plonge dans les yeux de Fulvio des regards à la puissance desquels elle croit pouvoir se fier encore. « Dites un mot, murmure-t-elle, et je romps cet odieux mariage. — J'ai bien envie de divorcer, pense de son côté le prince Phœbus, et d'épouser les jolies pointes et les délicieux petits temps taquetés de cette baladine. »

Mais Fulvio, qui tient toujours dans sa main le talisman d'Asphodèle, le lève tout à coup sur Kornikoff, plongé pour lors dans les réflexions les plus saugrenues, et le malheureux prince Phœbus, quatorzième du nom, se trouve incontinent avoir sur les épaules une tête de perroquet.

« Madame, dit respectueusement à Estelle le marquis Fulvio di Palma, je demeure, comme vous voyez, esclave de vos moindres caprices. Vous pleuriez Baby, je le fais revivre dans la personne de votre époux, afin que désormais vous les confondiez tous deux dans une même tendresse. »

Le digne prince de Puffenpaff, dont rien n'émeut la majesté, offre un morceau de sucre à son gendre.

A ce moment paraît la fée Asphodèle sur une gloire ; elle est entourée de toutes les divinités, ses compagnes, qui célèbrent avec elle, le triomphe de l'amour. Ce qui console un peu le prince Phœbus, c'est d'apercevoir aux pieds de la fée, enchaîné et vaincu, son grand menin Sanguinelli.

FIN.

PARIS. — TYP. MORRIS ET Cie,
rue Amelot, 64.

www.ingramcontent.com/pod-product-compliance
Ingram Content Group UK Ltd.
Pitfield, Milton Keynes, MK11 3LW, UK
UKHW020457220726
13923UKWH00006B/2597